人生の目的

本田健一

HONDA Kenichi

文芸社

人生の目的

1

少年、少女は15歳～20歳くらいになったら、クラーク博士がおっしゃったように、大志を抱き全力でまい進して成果をあげるべきです。こうと思う専門というか目標を決めて、全力をつくすことが大切です。

そして出来ればその専門分野で名前を残すことです。

学問を専門とすべきですが、学問以外を目標としてもいいと思います。

見習う人はアインシュタインとか西田幾多郎《きたろう》さんです。

それから趣味を持つことも大事です。

人生の意味は、いかに人類の進歩発展に貢献するか、です。人類の進歩発展にいかに大きく寄与できるかです。

寄与の意味は、国家、社会、会社などのために役に立つこと。

満足して死ねたらこれ以上の生き方はないと思います。

大志をもった人生の一番いい生き方は、満足して死ぬことです。どうすれば満足して死ねるのでしょうか、また、どういう生き方が一番いい生き方なのでしょうか。

死ぬ時に不満がないことが大切です。死ぬまでにこれを実現したいと思うことをやりとおした人は、15歳くらいから懸命に大志をいだき全力をあげるので死ぬ時に不満はないと思います。アインシュタインの生き方が好例です。

何をすれば、そして何をなしとげれば満足できるか。それは人それぞれ違います。まずはそれを見つけることが大事です。

2

人生の目的は、人格者になることです。これは学生時代から目指すべきです。

15歳くらいの学生の時から死ぬまでの間、立派な人格者になるように励むことが、一番大事なことです。

修業しているようなものです。

一番力を入れるべきなのは学問を深化させることで、その中で特に力を入れる分野は、物理、化学、医学です。

自分の研究する一分野を決めてそれにまい進することも大事ですが、学生は哲学や文学を堪能したり、そして趣味として絵を観たりクラシック音楽を聴いたりして相乗効果をねらって学問を深化していくべきです。

特に哲学をマスターするには、難解な哲学用語を調べる必要があったりして、とても時間はかかりますが、それもまた大事なことです。

哲学、文学などの名作を読んだり、名画を観たり、名曲を聴いたりなど教養を身につけることも重要です。


また、好きな人を見つけていい家庭を築きたいものです。

お金はある程度持っていることが大事です。

最低1千万円から2千万円、3千万円くらい持つ小金持ちを目指すべきです。

節約につとめれば100万円くらい貯まるはずです。

今の時代、低金利で、銀行に100万円を5年預けても、利子は100円、税引き後80円にしかなりません。


人生の目的は自分を幸福にすることです。

大事なのは、自分を幸福にするのに全力をあげることです。

そして、結婚した相手を幸福にすることです。

また、自分の親、兄弟、子も幸福にすることです。

3

人類が進歩発展することに役に立つ何かをすることが、大事です。他のことは、それほど重要ではありません。

地球上の全ての人々が長生きするためには、経済成長率が3％か5％くらいアップする必要があります。

また、長生きするための食料を確保するためには、地球上の人口を50億人から70億人（現在78億7500万人）にとどめる必要があり、それ以上増えないよう厳守するべきです。

世界の人々が経済成長率3％か5％くらいを目指したり、科学が進歩発展したり、がんを克服するために全力をあげたりする究極の目的は、地球上の全ての人々が100歳から110歳くらいまで長生きすることです。

実際には、先進国が100歳から110歳まで生き、発展途上国が70歳から80歳ぐらいまで生きることを目指すのが、現実的な目標となるでしょう。

これは暫定的な目標で、30年～50年後には、先進国・発展途上国関係なく、地球の全ての人々が１００歳から１１０歳まで長生きするのが目的というか目標にすべきだと思います。

目標が達成出来るには50年~80年くらいかかるかもしれません。

4

今から30年か40年くらい前、まだＣＤがなくレコードの時代に、ブラームスのヴァイオリン協奏曲と名曲のレコードが家にあって、そのレコードの入っているジャケットに、あてがきで、「壮大な落日」と書いてありました。

そのレコードを、私の知人にあげたことがあります。もらった知人は、その「壮大な落日」という文句に接して発奮し、精神をふるいたたせる何かのきっかけになったのではないでしょうか。

ブラームスの名曲を聴き、「壮大な落日」という文を見て、何かどでかいことをしようと決心したんじゃないかと思われます。私がブラームスのレコードをあげたことで、その中味に感動して、何かどでかいことをしたんじゃないかと思います。

そう考えると、何かいいことをしたんじゃないかと。今になって思います。

音楽を聴いた上での感動と、ジャケットの文句の感動。きっと何かどでかいことをしたに違いありません。

今でも、大きくてりっぱな落日、「壮大な落日」という文句をはっきりと覚えています。

5

私が高校生の頃、会社から父が帰って来た時、珍しく、数学者で随筆家の岡潔さんの書いた本を買ってきていて、皆に見せたことがありました。

このことで何か変化が起きるようなことはなく、何事も起こらないまま時が過ぎていきました。今から思えば、中学生の時は、好きだった先生に数学をみてもらって絶好調だったのですが、高校生になり、一年生の時はまだ少し成績がよかったのですが、2年、3年と成績が低迷していました。それを見て父が心配してそんな本を買って来たのだと思います。しかし、中学の時のような奇跡は起こらないで、そのまま忘れ去られていきました。

父がその本を買って来たことは覚えていますが。その本を読んだことは記憶にありません。

クレオパトラには血のつながった妹がいましたが、クレオパトラとは仲がすごく悪かったらしいです。最近、ギリシアの島で妹の墓が発見されたそうですが、頭蓋骨などは行方不明になってしまっていたそうです。

私の父は93歳くらいの時、私よりも歩くのがはやかったです。歩くのがはやい人は、長生き出来るというのは、必ずしもあたっているとはいえないと思いますが。

私の父は95歳で肺がんで亡くなりました。若い頃はヘビースモーカーでしたが、55歳の時に禁煙をしました。せっかく禁煙したのに肺がんになったのは、若い頃ヘビースモーカーだったことが原因だと思います。私は若い頃ほんのちょっと吸いましたが、ほんのちょっとなので、吸っていないも同然です。

6

川とか海の水をとってきてその水を調べれば、そこに生息する生物由来の環境DNAから、どんな生物がどのくらいいるかがわかります。

この環境DNAは、源さん（源義経とかのあの源さん）が偶然発見しました。とってきた水の中ではDNAが薄いので、これを試薬で増やします。地球には3〜4万種の生物がいますが、7千種の生物がわかります。雨の量などの環境もわかります。

火星とか木星の衛星の海の水をとってDNAを調べれば、生物がいるかどうかがわかるというのですから、すごいことですね。

6月22日頃、松本市と松本城を特集したテレビ番組を見ました。松本は標高600メートルの高度の盆地にあります。松本市では春にお祭りがあるそうです。松本城は、8年前に亡くなった弟といとこの男の子と、2回ほど見て回ったことがあります。松本城はこれまでに2回取り壊される危機があったのですが、壊されずに残りました。明治維新の時と、天守閣が傾いた時で、8千万円の寄付で建て直したという歴史があります。知っていましたか。

弟といとこの男の子と三人で、バスに乗って美ヶ原という高原に行ったことがあります。霧がかかっていて前がよく見えませんでしたが、牛が放牧されているのがわかりました。

今となっては懐かしい思い出です。

7

北海道の東部にある風蓮湖《ふうれんこ》という湖を知っていますか。

風蓮とは赤い川の意味のアイヌ語から来ているそうです。海水と淡水がまじっている塩分の低い汽水湖です。近くに根室市があり、根室湾に通じています。

12月には白鳥が飛来します。

この湖は歌謡曲にも歌われています。山内惠介さんが二〇〇九年に『風蓮湖』という曲を発表しています。

この湖は広辞苑にのっています。

私は北海道に1年くらい住んでいましたが、大雪山とか旭川とか富良野とかの有名な観光地にはほとんど行っていません。

瀬戸内海の瀬戸という字の都市は愛知県にあり、瀬戸物で有名です。

同じく瀬戸という字を使った都市が岡山県にもあります。

愛知県にある瀬戸市よりも規模が小さいですが、岡山県にあるのは瀬戸内市という市です。

1955年という年は何があった年だと思いますか。昭和30年で、アインシュタインが亡くなった年です。私はその年、小学三年生で、それまで東京に住んでいたのですが、父の転勤で大阪に引っ越しました。夏頃に引っ越ししたのですが、引っ越した社宅は断水していて、サイダーなどを買ってノドをうるおしました。

その翌年、「もはや戦後ではない」と言われました。

復興して、戦後であることを感じさせませんでした。

8

世界で一番暑いと言われている国はどこだと思いますか。知っていますか。アフリカのジブチという国です。アファール三角地帯と言われている所です。40度はざら、50度近くにもなります。西隣はエチオピアです。

暑い原因は何だと思いますか、まわりを山に囲まれているため、フェーン現象で暑くなるのです。

タクシーはエアコンなしです。

住民の多くはイスラム教徒で、時々ラマダンという断食をします。

断食の時は水も飲めません。

熱中症にならないかと思いますが、断食に入る前に食事とか水を飲むとかすませておくので大丈夫だそうです。

住む人は親族と一緒に住みます。

親族同士で支え合って生きます。

水道は通っていますが、しょっちゅう断水するので、ドラム缶に水をためておく必要があります。
ロシアにある世界一寒い所では、水道は凍結してしまうので通っていません。やはりドラム缶に水をためておく必要があります。ジブチと同じです。

私が小学3年か4年生の頃に1回だけ、ひもじかったことがあります。
食べ物がさつまいもしかありませんでした。
とてもひもじかったのを覚えています。

9

笑うことは人の健康にいいとわかってはいますが、落語を聞くために大阪市内に出かけることにふんぎりがつかないので、落語を聞きにいけません。

落語を聞きに大阪市に行ったことがありますか。

いちびりの意味を知っていますか。

いちびりとは、近畿地方の方言で、いいかげんに調子を合わせるだけの人、あるいは調子に乗って軽はずみなことをする人、いわゆるお調子者のことです。いちびる、というのは「調子に乗ること」を意味します。

「NHK新人落語大賞」で桂二葉さんが女性初の大賞をとりました。二つの葉と書いて、「によう」と読みます。35歳だそうです。おかっぱ頭をしていて、ちょっとかわっています。

知っていますか。

彼女は記者会見で「ジジイども、見たか」と口にしました。何か私のことを言われているみたいで不快でした。

その二葉さんが、「昔から、クラスのいちびりに憧れていたんです」と言いました。

現在上方落語協会に所属する落語家は何人いると思いますか。約250人です。そのうち、女性は何人いると思いますか。20人弱です。1割にも満たないのです。

10

私の父は12年前に95歳で肺がんのため亡くなりました。私が12歳か15歳くらいの時に、会社の出張に行く父を見送りに行くために一緒に出掛け、父と2人でレストランか喫茶店に入り、ホットケーキをごちそうしてもらいました。ホットケーキが半分くらい残って、みつがなくなったので、父が気をきかして砂糖に水をかけて、かわりのみつを作ってくれたという思い出があります。

私が15歳くらいの時に、父の勤める会社の社員の女の子と結婚しないかと父に言われたことがあります。

相手も15歳くらいでまだ20歳にもなってなくて、その女の子は成績がよくないとかなんとか理由をつけてことわりました。

その子は北海道の室蘭に住んでいたのですが、小学4年くらいの時に大阪に転勤してきたとのことです。名前は千という字に春と書いてちはると言いました。室蘭は寒い所らしいので、春が来るのがすごく待ち遠しいから千春と名づけたのでしょう。

同じ千春という名前のシンガーソングライター、松山千春をご存じですか。男の人で66歳くらいなのに、私と同じくまだ結婚をしていません。

最近喫茶店に入りアイスコーヒーを飲んでいたら、ひとつむこうの席に小学3年生くらいの男の子とお母さんが座っていました。その男の子が注文したものをひっくり返してしまいました。そのとき、お母さんも男の子も何も言いませんでした。私はすぐその場を去ったので、二人のその後のことはわかりません。

書き忘れたことがありました。千春という女の子は美人でした。

11

7月4日のテレビ番組で、ギリシアのアテネについていろいろ知りました。

アテネでは昔民衆が集まって投票をしたりしたそうです。ソクラテスとかプラトンはサンダルをはいていたそうです。ギリシアに行った時のお土産にはサンダルがいいらしいです。

居酒屋で、アルコール度数の40度のお酒を飲みました。

昔読んだ本に、作者がアルコール度数の高いお酒、多分ウイスキーだと思いますが、それをたらふく飲んだせいで胃に穴があいてしまった、そんなことになったのは自業自得だと書いてありました。

アルコール度数の高いお酒をストレートでたくさん飲むと胃をやられるので、気をつけなければならないと思いました。

オウム真理教の信者で死刑になった人の半分くらいが、東大で素粒子を研究したり、早大の理工学部を首席で卒業したりと、高学歴の人であるということに驚かされました。

それは、犯罪を起こすのは頭の悪い人で、頭のいい人は犯罪を起こさないということが否定され、高学歴の人でも殺人事件など重大犯罪を起こすかもしれないということです。そういう人もいるでしょうが、やはり少ないのではないかと思います。その点、どう思いますか。

12

『島人《しまんちゅ》ぬ宝』という曲を歌っているのは沖縄のビギンというグループだが、そのボーカルの男の人は、顔が丸顔だ。縦に細長い顔の人ではない。

山本コウタローという歌手の『岬めぐり』という歌は神奈川県の三浦半島を歌っている。知っていましたか。山本コウタローという歌手は、『渡る世間は鬼ばかり』というドラマに俳優として出演していたのを知っていましたか。

渚ゆう子さんという歌手は、ベンチャーズ作曲の曲、『京都の恋』『京都慕情』を歌いましたが、渚ゆう子さんの歌うリズムがおそいとクレームをつけられたそうです。

外国人の男の人と日本人の女の人と比べると、すごい違いです。外国人の男の人は大きすぎます。日本人の大人の女の人は背が低いので、外国人には子供であると見られたらしいです。

歌手の森昌子さんの本名を知っていますか、森田昌子と言うんです。知っていましたか。

暑い時はさらに暑い所に旅したいですか。寒い時はさらに寒い所に旅したいですか。

それとも暑い時は涼しい所に旅したいですか。寒い時は暖かい所に旅したいですか。

13

福島県の喜多方《きたかた》といえば何だと思いますか、ラーメンです。

喜多方では、蔵を建てないと一人前の男とはいえないといわれているらしいです。市内には蔵が4千もあるらしいです。喜多方ラーメンは、大正14年に日本に来た、ばんさんという中国人が、志那そばを始めたのがルーツです。朝の7時開店のラーメン店に前夜から待っているお客さんがいます。東京から来たらしいです。

喜多方は、会津若松に対して対抗心があるらしい。

集会があって、一人5千円を集める無尽《むじん》というやり方でお金を運用して、今までハワイ旅行に一緒に行ったりしている所もあります。

昔、喜多方の「きた」は、北（東西南北の北）と書いていたそうですが、その後今の喜多方になりました。

キタといえば、私の高槻の家の近くにキタ薬局というお店がありました。名前は喜《よろこぶ》の喜に多と書いて喜多という名前の薬局でした。喜多方の喜多と同じです。残念ながら、今から20年か30年前に店をやめてしまいました。

14

12月26日のテレビ番組を見て知ったことですが、ベートーヴェンの父は、当時貴族の人々が音楽を独占していることに我慢出来なくなり、酒におぼれ酒びたりの生活で亡くなったそうです。

そのこともあり、ベートーヴェンは、庶民のための音楽づくりに全力を注ぎます。

当時ベートーヴェンの音楽を救ったのはナポレオンの登場でした。

『運命』として知られる交響曲第5番は、タタターターンというたった1つのモチーフの繰り返しで交響曲全体を作っている、他の作曲家の曲にはない変わった珍しい構成になっています。

彼はワインという酒の飲み過ぎで肝臓を悪くし、黄疸になってしまいました。

黄疸にならなかったら、もう10年か20年は長生きできたと思われます。

第9の合唱の部分には、ソプラノの高音がずっと続くというクレームがついたそうです。

ボン生れでボンには彼を記念するものがたくさんあるそうです。

また、交響曲に合唱を取り入れた初めての作曲家だそうです。

終戦後すぐ岡晴夫さんの『憧れのハワイ航路』という曲が大ヒットしたそうです。その岡さんの細長い顔にびっくりしました。

藤田まことさんも自分のことを馬のように細長い顔だと言っています。私も細長い顔ですが岡さんほどは細長くないです。

15

私は4人兄弟なのですが、特に恵三君と仲が良かったです。恵三君と光ちゃんは年子で、仲が良かったことは当たり前と言えば当たり前なんですが。

私が小学5年生くらいの時マラソンの成績が良かったので、一緒によく走っていた恵三君もマラソンの成績が良かったんじゃないかと思います。

夏には恵三君と二人で能勢電の沿線近くの川泳ぎにも一緒に行きました。

後に恵三君夫婦が川西に家を新築したのは、その影響かもと思っています。

また、恵三君が独身だった35年くらい前に、急に私と二人で長野の親せきまわりに行こうということになり、夜行列車に乗って行ったことがあります。そして長野駅についてから親せきの家がわからず、親せきの家の近くに中部電力の大きなビルがあるとタクシーの運転手さんに言ったことから、なんとか親せきの家へ行けました。

真冬に行ったので、ものすごく寒くて、電気毛布が必需品でした。

夏には、長野の松本近くの美ヶ原という所にも2回行きました。二人でバスを降りたら霧がすごくて、すぐに帰りました。あたりは牧場のようになっていて、牛が放牧されていました。

恵三君とはたくさんのなつかしい思い出があります。

一緒に松本城にも2回行きました。中はすごく暗かったです。

二人で家の近くを自転車に乗ってサイクリングしたこともありました。途中にわか雨に降られ雨宿りして雨がやむのを待ったのもいい思い出です。

16

5月22日にテレビで長崎の教会のことを特集していたのを見ました。長崎の教会はほとんどカトリック教会で、そこにいるのは神父さん、司祭という男の人です。牧師さんはプロテスタントの教会の人なので長崎にはあまりいないと思います。

未来の神父さんを育てるのに神父の学校があり10人か20人くらいの男の子が学んでいます。一番きついのは、神父さんは結婚できないことです。

朝起きるのがつらいのはその子たちも私たちも皆同じなのでしょうか、何かいい方法がないものでしょうか。

ジョージアという国には、天国に一番近い教会があるそうです。

教会は信者皆がお金を出し合って建てます。れんが運びから修理、補修も、皆信者がします。

昔は、キリスト信者であるがために拷問を受けて亡くなった人も多くいました。

江戸時代の終わりの頃に、初めてできた教会は大浦天主堂です。

ステンドグラスがきれいで教会らしいです。

長崎の名物といえばカステラが有名ですが、かんころもちと言ってさつまいもともちで出来たものも名物です。

17

今から45年くらい前にスウェーデンの若い国王が結婚式を挙げるというので、当時新進気鋭だったスウェーデン出身のポップグループ・アバに結婚を祝福する曲を依頼しました。その曲が『ダンシング・クイーン』という曲で、これが世界的に大ヒットし、アバの代表曲になりました。

私は外国のポピュラーな音楽は趣味ではないので、この曲を、ドキュメント番組『アナザーストーリーズ　ダンシング・クイーン～ABBAと王妃の知られざる物語～』というテレビ番組を見て初めて知りました。

この曲は、オーストラリアの同性愛者の心をはげました。当時のオーストラリアでは、同性愛者たちが集まってデモをすると、警察につかまってしまったり、名前や住所をさらされたりして、悪くすれば職を失うこともありました。

肩身のせまい思いをしていた同性愛者ですが、この曲の歌詞にはげまされ、デモは大きなパレードになりました。30年後、警察は当時の過ちを認め謝罪しました。

18

かつて『生きがいについて』という本がベストセラーになりました。

著者の神谷美恵子《かみやみえこ》さんが生まれたのは大正3年で、父と同じ年です。

この本は神谷さんの自伝のようなものです。

一九三二年、津田英学塾（現・津田塾大学）に入学した彼女は、19歳の時、オルガン奏者として叔父と東京都東村山市にあるハンセン病療養施設「多磨全生園」に行き、ショックを受け、医者になろうと決心しました。

彼女は患者さんに2通りの人がいるのに気づきます。毎日無駄にすごしている人と、生きる喜びにあふれている人です。

彼女は生きがいが失われた時にどうすべきか考えます。

彼女は愛し、愛した人を失うことは、愛したことがないよりもましなことだと考えます。

41歳のとき、彼女は自身の子宮ガンが判明し、治療を受けました。

彼女は多くのハンセン病患者と出会います。その患者さんの中でハンセン病詩人と呼ばれる志樹逸馬《しきいつま》さんにも出会いました。松葉杖をついていた彼は、42歳で亡くなりました。

近藤宏一さんは目が見えず指先の感覚が麻痺していたため、舌読《ぜつどく》という方法で聖書を読みました。そして聖書に光明を見出した近藤さんは、目の見えない人を中心にハーモニカバンドを作りました。

パールバックの子供は障がいを持っているそうです。大江健三郎さんの子も障害を持っています。二人ともノーベル文学賞を受賞しているのは、二人の人生に対してのご褒美ではないかと思いました。

19

発明家エジソンは白熱電球を発明しました。

それは、ものすごい研究努力の末のことでした。また、蓄電池も発明し、電気の普及に貢献しました。

ノーベル賞を受賞しなかったのが不思議なくらいです。現代文明を進歩発展させるのにすごく尽くした人です。

日曜日の朝放送されている『題名のない音楽会』を見ていますか。その番組の最後に、毎回、音楽家の遺した名言が紹介されます。そこでライナー・キュッヒルの名言で「毎回同じように弾くのは本当の音楽家ではない」という言葉が紹介されました。私の言葉で言いかえると、「毎回違う弾き方をする人が本当の音楽家」ということになります。これは指揮者泣かせの言葉です。

作曲家が楽譜に書いたことに忠実に弾くのが、一番いい弾き方だと思うのですが。

うちの庭にぼけがあります。ぼけという漢字は木と瓜と書いてぼけと読みます。毎年2月か3月頃にそのぼけに赤い花が咲きます。そして秋に実がなります。同じぼけを使った「ぼける」という言葉があります。よくない意味の言葉なので、人に話しにくいです。

20

哲学者の三木清さんを知ってますか。

彼の書いた『人生論ノート』は65年のロングセラーになっています。

彼は、より良く生きるためとか、真の幸福とは何かを追求しました。48歳で終戦の年に獄死しています。

哲学者の岸見一郎さんも『人生論ノート』についての本を出しています。

三木清さんは、人間とはいかに生きるべきか、そして幸福について考えました。

ヨーロッパに留学してハイデッガーに学びサルトルにも学びました。

彼は『人生論ノート』で「幸福とは存在である、質的なものである」と書いています。


人は英語でパーソンと言いますが、パーソンとは仮面という意味のラテン語、ペルソナからきています。

明治時代の牛なべの別名は、あぐらなべです。

1万円札のうらに書かれている動物を知っていますか。
ほうおうです。
天使がマリアさまに受胎告知をしますが、この天使の名前を知っていますか。
ガブリエルです。
インドにもライオンが生存しているという話を聞いたことがありますか。
エジソンもリンカーンも小学校を中退しているそうです。
皇寿（皇帝、皇室の皇という字に寿《ことぶき》と書いて皇寿）は111歳のお祝いです。

21

京都の二条城は家康が中井正清《まさきよ》に命じて建てました。家康が上洛時の宿所として活用するために、1年で築城するよう命じたそうです。中井正清は大工の棟梁のような人で、他に日光東照宮、名古屋城などの建築を担当しました。家康に2百石の武士に取り立てられたそうです。

すごく豪華な唐門は家光が付け加えたらしいです。別名日暮《ひぐらし》門と言いますが、門に見とれて日が暮れてしまうことから名付けられたとのことです。中の襖絵には松とかトラが描かれています。

オーボエという楽器は音を奏でるのが難しい楽器で、誰にでもうまく演奏できるわけではない楽器です。

しかし私はその音色にひかれます。

チャイコフスキーの『白鳥の湖』でその繊細な音色を聴くことができます。

また、ボロディンの『イーゴリ公』でも聴けます。

もともとはショームという楽器でした。それが進化して、きらびやかな音色や、力強い音が出るようになりました。

内径が細く、奏者自らフランス製の葦からリードを作ります。作る時、無駄になる方が多いそうです。

似た楽器にイングリッシュホルンがあります。

22

8月31日朝8時、テレビで阿倍仲麻呂について放送していました。

平安時代、中国は玄宗皇帝の唐の時代、日本の朝廷は阿倍仲麻呂を遣唐使として唐に送り込みました。阿部氏は玄宗皇帝にすごく寵愛され、唐の官僚として出世しました。20年後、親孝行をしたいので日本に帰りたいと皇帝に願い出ましたが許されず、日本に帰国できませんでした。

もうひとつ他の説があります。皇帝に許してもらえなかったのではなくて、阿部氏自身の主体的意志で、唐の文化に魅了されてしまって、帰らないと決めて帰らなかったという説です。どちらが本当かはわかりません。

阿部氏は学問の才能が十分あり、当時の唐の有名な詩人とも対等につき合えたそうです。

阿部氏は有名な和歌をいくつも残しています。小倉百人一首にもあります。

喫茶店を英語で何と言うか知っていますか。カフェというのが普通でしょうか。カフェという名が世の中に広まったのは、今から約１００年前の大正10年くらいで、コーヒーとお酒を提供する店をカフェと言ったらしいです。

知っていましたか。喫茶店のことをカフェと言うのは、みんなが使っているのでしょうか。コーヒーショップとは言わないのでしょうか。

23

演出家の宮本亜門さんが一時期引きこもりだった時、チャイコフスキーの作曲した『くるみ割り人形』のレコードを100回くらい聴いたそうです。『くるみ割り人形』はくるみ割り人形を女の子にプレゼントすることから始まり、人形が王子に変身し、おとぎの国へ行く夢の物語です。

この曲は子供向けのバレエ曲ですが、音楽会には「子供お断り」の所が多いです。『くるみ割り人形』には当時最新の楽器のチェレスタが使われています。チェレスタは、やわらかくて神秘的な、夢見心地である音を出すということで、天国的な、この世のものではないというフランス語です。

どうして現在はすたれてしまったのでしょうか。私はピアノに負けてすたれたのだと思います。

チャイコフスキーは死の1年前、『くるみ割り人形』を作曲しました。

彼はチェレスタの出す音に魅せられて、くるみ割り人形を作曲したと思われます。

日本では今後、東京―大阪間がリニア新幹線で所要時間1時間になるらしいですが、アメリカでは、真空にした空間の中に電車を走らせるという研究が進んでいるそうです。

空気の抵抗がないから時速1200キロメートルも出せるそうです。リニアは時速350キロですから、3倍も4倍もはやく着きます。今は350キロメートルまで出せる所まで研究が進んでいるそうです。いろいろと難しい問題があるのでしょうが、こちらが成功すれば、リニアなんて古くて時代おくれの産物になってしまいます。このニュース、知っていましたか。それとも初耳ですか。

リニア新幹線にかけた工費3兆円が無駄になるかもしれませんね。

24

作家の川端康成さんの生い立ちはかわいそうです。小学生の頃に父、母を亡くし、祖父に育てられその祖父も中学生の頃に亡くし、天涯孤独になってしまいました。本を読むことが好きで、将来は作家になろうと大学へ行き作家修業をしました。

そして代表作『雪国』を書きました。結婚しても子供に恵まれず、養子縁組をしました。

その後ノーベル文学賞を受賞し、やっと幸せがやってきました。何か得意なものがあればそれに集中して励めばいつか花開き成功するという、いいお手本です。

小中学生時代は大阪府茨木市に住んだため、記念館が茨木市内にあります。

ＪＲ茨木駅から歩いて15分くらいの所にあります。

川端さんは夫婦で私の地元、高槻に２～３回来たことがあるようです。

しかし最期はまた悲惨でした。ガス自殺をしたことが新聞に載っていたのを覚えています。

25

クリスチャンの人は、クリスチャンでない人と比べて、神の教えなどを批評しないでそのまま信じる習慣がついているから、年をとると認知症になりやすいと言えるのではないでしょうか。

私は父の勤めていた会社の社員で、クリスチャンの社員の人が晩年認知症になるという実例があったので、そう思います。

私は物持ちがいいようです。

高校生の時に私が買ってもらっていた『高校コース』という受験雑誌のクラシックの名曲がのっていた表を50年以上たった今ももっていて、クラシックの名曲のCDを買う時に大いに参考になりました。

アインシュタインの小話などがのっていたページも今も持っています。何でも古いからといって捨てないで、いいもの、価値のある物をとっておくと役に立ちます。

26

日本は世界有数の経済大国なのに、ノーベル経済学賞を1回もとれていません。ほとんどの受賞者が欧米出身者で、8割も9割もノーベル経済学賞を独占してとっているのはおかしいと思いませんか。

ノーベル賞の選考者がかたよっていておかしいからだと思うんですが、その点どう思いますか。

7月29日のテレビで知ったことですが、ドイツは面積が日本の国くらいで人口が8千万人です。

緯度は北海道よりも少し北の所にあります。

面積の三分の一くらいは森で、黒い森と言われています。第2次世界大戦後、森のヤマネコは絶滅したと思われていましたが、今は5千頭くらいいるといわれています。夏は最高気温が25度まであがるらしい。

今後長生き出来るかどうかわかりませんが、人生の意味を究明したいと思っています。自分が思った通りの答えが出るかどうかわかりませんが、道理や真理を深くさぐって明らかにしたいです。

27

島根県にある益田市は、高津川のほとりにあります。

高津川の上流には森鷗外が幼少期を過ごした津和野があります。萬福寺の庭園が有名です。

益田には、益田出身といわれている歌人、柿本人麻呂の神社があります。また、画聖と言われる雪舟の終焉の地は益田です。

雪舟の釈迦涅槃図は有名です。

市内の萬福寺には雪舟が作ったすばらしい庭があるらしいです。

居酒屋探訪家の太田和彦さんが訪れた「田吾作」という居酒屋では、あゆの刺身や内臓を食べさせてもらえます。

フランスの作曲家のグノーを知っていますか。19世紀の中期に活躍した人です。代表作は歌劇「ファウスト」だそうです。

ウィーンのコーヒーは一度飲んだら忘れられない味がすると現地の人が自慢していました。16世紀にウィーンはトルコ軍の侵入を受けましたが、そのトルコ軍がヨーロッパにコーヒーをもたらしたらしいです。

28

私が高校2年から3年生の頃に父から提案がありました。当時『高校コース』という受験雑誌を買ってもらっていましたが、その『高校コース』をやめて、新しく世界文学全集か日本文学全集を月に何冊か買って、当時家に全体の四分の三くらいそろっていた文学全集を全部そろえてはどうかとの提案でした。結局、世界文学全集を買わないで、『高校コース』をとり続けました。

『高校コース』に、高校生くらいの女の子が脳に腫瘍ができて病院に入院し、闘病生活しているという記事が載っていました。脳腫瘍なんて死ぬかもしれない大きな病気です。「死よおごるなかれ」という言葉が載っていました。

私は1年間とちょっと、北海道で生活しました。北海道の食料品の値段は本州と比べて安いので、食費がおさえられて、趣味とか交際費などにお金をまわせるといういい点がありました。

このことを知っていましたか。初耳ですか。

現在も北海道の食料品の値段は本州と比べて安いのでしょうか。それとも同じ値段くらいなのでしょうか。少し高くなったのでしょうか。調べないとわかりません。


令和元年8月17日、『サイエンスZERO』という番組を見ました。小学生の男の子が宇宙用語を知っていることに驚きました。

ダークマターという言葉です。「宇宙物質のうち発光しないもの」のことです。

ダークには、暗いとか暗黒のという意味があります。

29

古事記を知っていますか。

現存する日本最古の歴史書です。

翡翠《ひすい》という宝石を知っていますか。新潟県の糸魚川《いといがわ》、姫川で産出される緑色の半透明な宝石です。

この翡翠を勾玉《まがたま》に加工したことが古事記にのっています。

長野県の諏訪湖についても書かれています。

冬に結氷《けっぴょう》し、氷が割れ目に沿って盛り上がる御神渡《かみわたり》の現象が見られ、神事が行なわれます。

このことも古事記にのっています。

世界三大料理と言えば、どこの料理だと思いますか。中国料理、フランス料理、そしてトルコ料理が世界三大料理です。

世界で一番トマトを食べている国は、どこの国だと思いますか。答えはトルコです。

トルコ料理でトマトを材料にするためかどうかわかりませんが、2位、3位を圧倒的に引き離してトルコが断トツの一位です。

トマトの効用は何だと思いますか、答えは美容にいいことです。

リコピンという成分が美容にいいらしいです。

30

バッハの『マタイ受難曲』は深い悲しみの曲で名曲中の名曲です。

この曲は、長い、暗い、難しいとされていますが、今から300年前に天才が書いた躍動感のある宗教曲です。

全部聴くと3時間かかる大作です。

バッハはライプチヒの教会で月に60曲、超人的な努力で作曲しました。42歳の時この曲を作曲しました。

この曲はイエスの死に立ち会った感じがします。将棋と音楽は共通点があると、加藤一《ひ》二三《ふみ》さんがおっしゃっていました。

第2部第3曲のアリアは、一番弟子のペテロが主を否認するという人間の弱さをあらわしています。

バッハは当時、流行している曲をベースにコラールという音楽に書きかえました。

クラシックの三大作曲家と言えば、バッハ、モーツァルト、ベートーヴェンの3人でしょう。

いろいろな意見があると思いますが、私は絶対にこの3人だと思います。

31

2月15日放送の『ららクラシック』は華麗な円舞曲で知られたピアノの詩人、ショパンの特集でした。

パリでピアノの寵児になったショパン。

しかし祖国ポーランドの悲劇を知ります。

ロシアに占領されて、ショパンはどうしようもなく苦しみました。

『革命』という曲は心の中の葛藤を表現した曲で、ハ短調の曲だがハ長調で終わります。

バラード第一番は装飾音《そうしょく》を使っています。

ピアニストの仲道郁代さんは小柄な人で、バラードをひいている時、声は出ませんが、口まで動かしています。

2月26日のテレビを見て知ったのですが、光る魚がいるらしいです。魚の目の下の所が光ります。そこにいるバクテリアが光るらしいです。多数の魚が光るのは、すごい光景らしいです。

東京都に住んでいる人の中で、東京生まれで東京育ちの人が全体に占める割合は何％だと思いますか。答えは54％です。

残りの45％は、東京以外のよその県から来て今東京に住んでいるということですね。

32

作曲家のショパンはマリアという女の人に失恋しました。その失恋というマイナスのこと（負のこと）を乗り越えて歴史上に残るピアノ曲の傑作を多数作曲してくれました。そのおかげで、後世の音楽好きの人々がそのピアノ曲を堪能できます。失恋というマイナスのことから、私達に傑作のピアノ曲を堪能させてくれるというプラスのものを生みだしていることになります。

だから、一概に失恋とかマイナスのことを悪いことだとか決めつけずに、長い目で見ればプラスの大きなものを生み出してくれるものだと感謝すべきかもしれません。

同じような例として、画家のゴッホも絵を画く前に失恋しています。その後画業に集中して、『ひまわり』など多数の傑作の絵を残してくれ、後世の私達はその絵を見て感動し、満足させてもらえるというプラスのものを生み出してくれました。

ラスプーチンという人を知っていますか、ロシアのプーチン大統領とは違いますよ。別の人です。

ロシアの少し前の時代の人です。どういうわけか、ラスプーチンは、日本人の女の子に人気があるらしいです。


日本人のルーツのことですが、日本人の8割は弥生人種で、2割の人が縄文人種の遺伝になっているらしいです。

日本人5人が集まったら4人は面長の弥生人種の人で、一人だけ面長でない、丸い顔の縄文人種の血が流れているという計算です。

核DNAという検査で調べたら、縄文人のルーツは中国人とか朝鮮人とかインドネシア人の遺伝ではなく、それらの人たちに分かれる前の古い人種のDNAを持っていると分かりました。このことを知っていましたか。

33

現代の音楽家、ライヒを知っていますか。

ミニマル・ミュージックと言われる音楽を代表する1960年代の音楽家です。

日本の電気グルーヴに影響を与えました。

ビート感が強いです。

手拍子のみという音楽もあります。

ユダヤ人です。

ライヒは14歳の時、ストラヴィンスキーの『春の祭典』とバッハの『ブランデンブルク協奏曲』とジャズの3曲を聴いてすごく影響を受けました。

ミニマル・ミュージックは同じフレーズというかパートをくりかえしずらして演奏する音楽です。


私が中学三年の時の担任の先生は奥田先生でした。中学を卒業して1年くらいたった頃に先生とクラスメートだった人たちと会うクラス会がありました。

先生は英語を教えていたせいか、その場にその頃珍しいテープレコーダーを持ってきて実演してくれました。

私はその先生にかわいがってもらいました。

今までご存命だと聞きました。

90代くらいの高齢になるんじゃないかと思います。

先生には授業中に辞書の引き方を実際に事こまかく教えてもらったことが思い出です。

34

シューベルトが31歳で亡くなる前の最後の歌曲は「白鳥の歌」です。

先の光、死の影の間に音楽があります。彼は600曲以上の歌曲を書きました。

愛と痛みをテーマにした曲を書いた彼は、梅毒に感染しました。諸説ありますが、そのときに治療に使った水銀が体内に蓄積したことが死因ではないか、といわれています。

彼は気がつきました。苦しみだけではなく、聴く人を明るく包む愛の歌も書くべきだと。

絶望だけではなく、希望があって音楽は成り立つと。


ライチって知っていますか、ライチとはれいしのことで、楊貴妃が好んだ果物です。中国でとれる果物です。

歌手の竹内まりやが入った大学はどこか知っていますか、慶應義塾大学です。

唐津市《からつし》があるのは何県か知っていますか、佐賀県です。

ビートたけしがえらくなるまえに所属した団体というか劇団は、フランス座です。

胃からでる胃酸は塩酸であることを知っていましたか。

新渡戸稲造《にとべいなぞう》を知っていますか、教育家です。英文で書いた『武士道』が有名です。以前、5千円札の顔になりました。

35

12月13日の『ららクラシック』は、月にまつわる曲についてでした。一番有名な曲はドビュッシーの『月の光』です。おだやかな静かな曲です。

ドビュッシーは月の曲を3曲も作っています。『月の光』はその中の一曲です。

ドボルザークは『月に寄せる歌』を作っている。

あとフォーレの『月の光』もあります。

また、シェーンブルクも月の曲を作曲しています。

ベートーヴェンのピアノソナタ第14番「月光」が有名です。

魅せられ、ひきこまれて常軌を逸した世界が月です。

月はルナと言います。

日本も西洋も月に特別な思いを持っています。

地球を主星とすると、月は衛星だから属音で始まります。

ドビュッシーの『月の光』は繊細な曲でもあります。

まんが家の水木しげるさんを知っていますか、妖怪の漫画をどれか読みましたか。

私はひとつも読んでいません。

子供の頃漫画を読みましたが、まだ水木さんのまんがが広まっていなかったのかもしれません。

水木さんの好物は大福とハンバーガーとアイスクリームだそうです。

水木さんは戦争で腕を1本失くしました。

腕をなくしてしばらくすると、そのうでから赤ん坊のにおいがしたそうです。

また家のリフォームにこったそうです。

36

イギリス人の作曲家エルガーは、イギリスにおける19世紀から20世紀にかけての200年に及ぶ大作曲家の空白期間を経て登場した大作曲家であり、近代イギリス音楽の始祖《しそ》です。偉いのは独学で作曲を勉強したことです。

その頃にイギリスに登場した大作曲家はエルガーだけではありません、ウォルトン、ブリテンも同時期のイギリスの作曲家です。有名な大作曲家は一時期に一人ではなくて、三人も一度にでるものなんですねえ。

つくづくそう思います。

その三人の中でも突出して有名なのはエルガーです。そのエルガーの代表曲は行進曲「威風堂々」第一番です。チェロ協奏曲は慟哭《どうこく》のエレジーと呼ばれて、20世紀の協奏曲の最高傑作と言われています。

このことを知っていましたか。

テレビで『99人の壁』というクイズ番組をもう3回くらい見ました。5回クイズに答えて5問早く答えたら100万円をもらえるというクイズ番組です。今まで10人か15人くらい挑戦をして1回も100万円をとったことがないのに、先日の土曜日、女の人が、「小説の出だしの部分を聞いて、その小説の題名を当てる」という問題で、初めて5回答を早く言って、100万円もらったということがありました。

この番組、見ていましたか。

37

ベートーヴェンのヴァイオリンソナタ第5番『春』と第9番『クロイツェル』の2曲は10曲あるヴァイオリンソナタの中で、革新的なアイデアでとびぬけた感じの名曲です。

『春』はクレメンティのピアノ協奏曲に似ているので一時パクリ疑惑がありました。

ベートーヴェンは、ショパンやモーツァルトは自然にメロディが出てくるのに比べて、メロディを推敲に推敲を重ねた努力の人です。

ソナタ作品は器楽とソナタ形式に分かれます。

ベートーヴェンの交響曲第5番運命の第一楽章はソナタ形式で書かれています。

『クロイツェル』はヴァイオリンとピアノが対等にさそいあいながら進んでいく曲です。


福井県の若狭湾の特集を見ました。

3月になれば水送りの行事をするそうです。

御香水を川におくる、その水は地下を通って奈良の二月堂に行くと考えられています。

当地では「ぐじ」と言ってアマダイが珍重されます。また、ここで箸を作っています。

変わった細工をした、こった箸が作られています。

福井と言えば五木ひろしの故郷です。

またここにはたくさん原子力発電所が建てられて、まわりに新しい道路ができたりして、
町の経済がうるおっています。

38

シューベルトの歌曲「魔王」は、苦悩の中で生まれた曲です。

中学の教科書に載っています。

ゲーテの詩に曲をつけた歌曲です。

シューベルトは歌曲集で一つのオペラを実現しました。

一般に中学一年の頃に反抗期に入ります。

16歳のシューベルトも父と対立しました。

父は学校の校長をしていました。

シューベルトを小学校の教師にしようとしました。

シューベルトは18歳で作曲家になるために父の元を去ります。

当時社会は封建社会から市民社会に移行している時期でした。

シューベルトを応援してくれる人がいました。その人は魔王をゲーテの元に送りましたが、ゲーテは内容がドラマチックすぎるといって楽譜を送り返しました。

しかし6年後、魔王を出版することになりました。

今の世間の人々はシューベルトの音楽を認めているので、中学の教科書に載るんだと思います。

モナコ王国の一番偉い男の人。王様になるのでしょうか。その方は美食家だそうです。

その王様の料理人が特に気をつけていることとは、同じ料理を続けて出さないことだそうです。

つまり、食傷気味にならないように気をつけているということですね。

39

グレゴリオ聖歌はローマカトリック教会の持ち歌です。

当時はチェンバロの全盛期でした。

『きよしこの夜』は、オーストリアでできて世界に広まりました。日本には明治に伝えられました。

最近亡くなられた医師の日野原重明さんも子供の時から歌っていたそうです。この歌はソプラノの人、バスの人、テノールの人などそれぞれのパートの持ち主が歌えるようになっています。


石垣の高さが日本一高いお城はどこの城かわかりますか。香川県にある丸亀城の石垣です。丸亀城は瀬戸内海に面していて、天守閣は小さいですが、海に浮かんでいる船を監視することができます。石垣を高くしたのも船を監視するためらしいです。

香川県は1年をとおしてあまり雨が降らないので、ため池が多くあるらしいです。

マインドフルネスということを知っていますか。アメリカではやっている瞑想をすることです。

仏教などの宗教性を排除したもので、うつ病などに効果があるらしいです。

実践すると余裕が出てきます。

3日続けると脳がストレスを感じにくい脳になるらしいです。

(『サイエンスZERO』より)

40

出雲大社にお参りしたことがありますか。

年に2百万人の人がお参りするという縁結びの神をまつっている神社です。大国主命をまつっています。

日本最古の神社と言われています。

10月に日本全国の神々がここに集まります。10月が神無月《かんなづき》といわれているゆえんです。

60年ごとにふきかえをするらしいです。

ご神体をかりずまいに移す行事がおこなわれています。

私はまだ一度もお参りしたことがありませんが是非お参りしたいものです。

お参りのついでに、近くにある足立美術館にも行きたいと思っています。

お参りするとき、柏手は4回打つのがならわしだそうです。奥におられる神様に気づいてもらうためだそうです。

岐阜県の長良隕石は、90％が鉄で、普通の石よりも重いです。さびています。
隕石は1年に5個か6個見つかります。
特に南極やサハラ砂ばくでよく見つかります。
隕石は1年に数万トン落ちています。
大部分はチリとして空から落ちてきます。
見つかるのは奇跡です。
長良隕石は日本で51個目で、鉄隕石としては9個目です。
最近ではロシアに広範囲に落ち１４００人のケガ人が出ています。
（『サイエンスＺＥＲＯ』より）

41

野球の神様といわれるベーブ・ルースは子供の頃悪ガキでした。悪ガキを矯正するために入った学校で野球を習いました。また、彼は投打の二刀流でした。このことを知っていましたか。初めは投手をしていました。それからホームランを連発して記録を打ち立てました。

彼は美男子でありませんでした。そして太っていました。

私生活では夜の遊びに浸り切ったようです。

彼が偉いと思うのは、小さくて弱い子供に対して、慈しむというか、敬う心の持ち主である点です。

残念ながら彼は長生きしませんでした。

世論調査でも、野球選手で一番に選ばれるのはベーブ・ルースです。

美空ひばりが晩年に歌った『みだれ髪』の歌碑が、福島県のいわき市にあります。知っていましたか。

そこに歌碑があるのは、歌の舞台になっているからです。歌碑は舞台となった塩屋崎灯台のふもとの海に面している所にあります。

5月から12月頃、夜明けの東の空に見える大きな星といえば何の星だと思いますか。宵の明星といえば、そう、金星です。

木曾さんの家の近所に喜劇役者の大村崑ちゃんが住んでいることを知ってますか。

今はそこに住んでいないんですねぇ。

今は丹波の方に住んでいるんじゃないでしょうか。

42

都はるみさんの歌『北の宿から』は、「あなた変わりはないですか、日毎寒さがつのります、着てはもらえぬセーターを涙こらえて編んでます……」と続きます。

阿久悠さんの作詞で、作曲は小林亜星さんです。なんとこの歌は、日本レコード大賞と日本有線大賞をダブル受賞したという歌らしいですねぇ。知っていましたか。

ダブル受賞なんて他に1つか2つくらいしかないんじゃないですか。

冬になるとみかんを食べる季節になりますが、みかんを食べる時スジをまめにとって食べますか。本当はスジにすごく栄養があるから、スジを捨てずにスジごと食べる方がいいらしいですね。知っていましたか。

世界一長いピアノ曲『ヴェクサシオン』を作曲した人は誰でしょうか。サティです。

バーバー、コープランドと言えばどこの国の作曲家でしょうか。答えはアメリカです。
バーバーといえば理容店、床屋さんの英語の言い方ですね。

43

ロシアのピアニスト、アファナシエフという人を知っていますか。今は亡命してフランスに住んでいますが、かつてモスクワに住んでいました。

モスクワの森という所でおばあさんと散歩して、おばあさんとはぐれて、一人静寂を感じたとき、ピアニストになろうと決心したそうです。

日本のもののあわれを理解する読書家です。本を3万冊もっているそうです。また家にワインを3千本持っているそうです。ピアニストってもうかる職業なんですね。年間のコンサートの数をしぼって、努めて読書に時間をあてているそうです。

彼のピアノの先生は女の人です。

44

父が亡くなる前、今から4年くらい前に、母が老人ホームのような所に入って知ったことですが、同じ頃に、ヴァイオリニストの大谷康子さんのお父さんも老人ホームに入っていたそうです。週に1~2回面会に行くのですが、その老人ホームは、面会に行ったら入所者と一緒に食事ができるそうで、私と姉はうらやましく思ったことがありました。ヴァイオリニストの大谷康子さんを知っていますか。その老人ホームのある所は東京じゃないかと思います。

私の母の入っていた施設は、面会する時に食べ物の持ち込みは禁止です。

精神病院の面会では、食べ物の持ち込みは自由のところが多いようですが。

内山田ひろしとクール・ファイブが歌った『長崎は今日も雨だった』という曲を作詞した人を知っていますか。作詞したのは永田貴子さんという人らしいです。

詳しいことはよく知りません。

45

埼玉県の川越という町を知っていますか。埼玉県の真ん中にある町で、そこをハウンドドッグというバンドの一人で、大友康平さん（知っていますか）が訪ねるという番組を見ました。その川越にある百貨店の中のレコード店に、大友さんが昔よく通っていたと言っていました。

今はそのレコード店はないそうです。

ある家の屋上にのぼると、富士山がよく見えるそうです。

川越には川越祭というお祭りがあるそうです。

私は70年生きてきて、祭りにかかわった経験がほとんどありません。

地元高槻で、私の家から12分くらいの所に春日神社があって祭りをやっていますが、その祭りを見たことがありません。みなさんは祭りに参加したという経験がありますか。

最近ＣＤ店に行きましたか。

梅田駅から歩いて5分の梅田ＮＵ茶屋町ビルの6階にタワーレコード店があります。知っていますか。

他に大きなＣＤ店がなく、そこの店は貴重なＣＤ店です。

ヨーロッパに旅行したことはありますか。

どこが一番良かったですか。

スペインのガウディのサグラダ・ファミリアが一番良かったと皆が言いますが、本当にそう思いますか。

著者プロフィール

本田 健一（ほんだ けんいち）

昭和22年1月22日 東京生まれ。
昭和40年　豊中高等学校卒業。
昭和41年　北海道大学入学。
昭和44年　北海道大学中退。
著書『歴史に何を残すか』（2020年 文芸社）
　　『人の一生の考察』（2021年 文芸社）

人生の目的

2022年8月15日　初版第1刷発行

著　者　本田 健一
発行者　瓜谷 綱延
発行所　株式会社文芸社
〒160-0022　東京都新宿区新宿1－10－1
電話　03-5369-3060（代表）
03-5369-2299（販売）

印刷所　株式会社エーヴィスシステムズ

ISBN978-4-286-23911-8　　JASRAC 出 2203812-201